歌集　ひとふりの尾に立てる

高橋みずほ

砂子屋書房

＊目次

装本・倉本　修

歌集　ひとふりの尾に立てる

かたい足型

ひとのよのたやすきことなくてただに歩くしかなくて

杖をつく足取りにある　音　杖の先にある黄金《こがね》のひかり

生きてきたいきてきたぽんと杖を突いて　沈黙

コスモスの風のなびきにゆだねゆく天使のつばさが育つまで

ひとの世にまみれぬよう育てた種を風におくるも

冠毛に固き種を結びつけむかう未来へおくり出す

沼底へかたい足型つけておく干上がるときの迷わぬ印

時代から人の声を消してみる笹の葉脈擦れる音する

橋渡る人がいてさぐるよに手すりのひかりに手の平をそえ

ちいさな金の角つけて馬にまたがる子が走る

ゆび先にみえぬものがふれるよう風の空に広げてみたる

ほしいものあるようなガラス窓息吹きかけて少年のゆく

手をつなぎ音なる車みておりぬひいふうみよいつむにんげん

野毛山の動物園に子らがきて弁当箱の前にてうたう

目の前に弁当おきてうたう子のこころそぞろに声張り上げて

待つ待たされることなれてゆくならされてゆく人ら動物

ママはどこのぞき込まれ目の合いぬ見知らぬこの子は男の子

鮮やかなボタンインコが啼きつつ枝の長さを埋め尽くす

海風は雨の匂いをうちつけて真すぐにおとす雫になりぬ

つかまってしまったことのかなしみを吹き抜ける風に王者のしっぽ

なんということなく息絶える生きものたちへ優しきことば

ほそき喉のばして声をだしてみる空の青ゆく風のざわめき

ライオンの檻の空間見て吠える信じるものを確かさにかえ

布団にくるま蜻蛉の秋がきて透明な翅かがやく風の

やさしく影をおさえてしずけさに息とめたまま

すこしずつ方向かえつつとんぼ布団の温き秋にふれ

母生きて八十九の飯たべて八十九の呼吸をしたり

おおきく熟れたトマトにかぶりつく母は今を楽しみており

しずかなるときの間に葉のゆれて赤い実二つさくらんぼ

海光る母と一緒に波に乗る船かきわけるままにゆれ

島めぐる船の風のなかにゆれ波間にふれる肌のやわらか

ゆれる間をのぞきつつ母おもむろにスプーンを入れて食む

コーヒーゼリーにとけるアイスのゆれるを追う母のスプーン

今日母の生まれて久しき誕生日ゆっくりと生きるを楽しむ

たくさん食べたたくさん生きたといいつつひとつ飴玉口に入れ

愛されたという思い出ぬくもりに親子わかれるときがあること

菜の花がひとつ咲いた花びらに春の香陽ざしほのか黄色

優しさを努力していた母をふと思い出してるとおくにいれば

朝焼けに押し上げられてゆく月の細き弓なりさびしくあるか

海からの風に霧雨柿の葉にそっとあつまる柿色となり

受話器のむこうに母がいてすこし遠慮する声のする

なにかふと思い出したのかもしれず開けば大玉利府の梨

梨の木の下の葉影をふくらます少女の頬に産毛立つ

丸さをみせてわらうなりとおく梨の木の棚の下

梨棚に木漏れ日のありセピア色して少女らがわらう梨狩り

利府梨はもぞと味する大味のごつごつしたる大き玉

もうむかしの　もどらぬような気のして梨の木の棚に少女

たしかこのあたりと思うジャスミンの香の曲がる小路は

少女影ひきて短く足元に消える灯の電信柱

電柱のあかるく照らす頭影少女を引き連れてゆく

夕暮れの公園に白いゼッケン少年とおなじ道を帰る

帰り道少年の体から咳暮れの藍に落とすひとつ咳

少年のうなじのあわき坂のぼりつつおおきくなりぬ人影

雪と気づくまでの窓のひろがりに桃色桜の綿帽子

海に重く雪雲が来てての ひらにふれた雪しずく

雪あられ海までの道すがらほろほろと降る雪あられ

なんとなく淡い雪のおちてくるかそけさにいるすなのはま

淡雪のひと肌にふれとけゆくをしずかにみてる砂の泡

未来へと不安かかえて冬の海泡の間近に来てきえる

風の真音

吐く息を吸うひとたちも吐く息ひとに吸わせておりぬ

すれ違う煙草の煙を吸うたびに生かされているというか　息

丸い地球漂っている息空気生きものたちをつないで見えぬ

照れくさき風の通りをみつめて童木陰に影を重ねて

まっすぐにのびる文字をかきながら砂粒に乱されてゆく

風来れば蟬鳴きやみてしずかなり台風の目にてさやぐ

ときくれば種となりたる朝顔の黄ばんでかたき葉影かな

どう生きてゆけばいいのか耳もとでささやく子に耳かしている

どこまでもおんぶ飛蝗がにげてゆくちいさきものを上に従え

蝗とぶ刈穂のたばのなかをとぶ夕日にすべる蝗の子

秋晴れ間夏を終えるものたちがのびゆく影に疲れ切ってる

あした話したいことがあるの少女の声のこぼれる春日

少女のことば小さくゆれつゼブラゾーンに歩幅を合わせ

前をゆく少女曲がりて道のべに花びら一枚　桃の色

八重桜花散る後の桃色の道を染めたる花見かな

泣き笑いしながら秋をむかえてる朝顔種は真っ黒で

風に煽られてゆく蜂の口とんがってゆく小春日

昼下がり人間の背を描きつつ光の線のうつくしき

畦道に菜の花が咲き畦道をとおく人ゆくけむりてひとり

富士山に落ちる光のおおきくてしずしず潜るような日

いくつもの屋根重なってある町を過ぎ林の町に煙立つ

鳥の下ゆく朝かな冬色の野原とゆける川の白波

さみどりを突き出てくるつつじの芽ひと息ついてまだいたる人

晩夏から秋にいるかな鈴の音の草の響きのしずく玉

影に鈴虫の音のひびき草々のしだれにおちるよ雫

虫の音に耳をすましてとじれば曳く音に涼風のくる

人が足早にゆく道の上雲間に黄の十六夜の月

黄身の満月をみる月餅の空暗かりき甘さかな

今日は聞こえぬ虫の音に変わりつつある宵闇のかさとうごくも

人すれちがう夕闇にはらりと落ちる葉にもう会えぬかもしれない

花咲かぬ木のあり葉の散りゆく木のあり枯れ枝が硬く折れ

無性に痒くなりたるところありて搔けば血のにじむことありて

がさがさと透明な翅のはばたきの壁つたいて終わりぬ

人すれちがう宵闇に雲間をゆける満月の過去から光

夕暮れ刻の境内に藍をよぶ竹の箒がいそいそとゆれ

注連飾もとめてさがす橋たもと橙めぐる鳶の指先

裏白にゆずり葉橙紙垂《しで》たらし組み立ててゆく清きを告げる

鳶職の領域ありて橋たもと注連縄うってことしも終える

あれが最後だったのかと思うこと年々ふえて年が明け

三日となれば榊もつ宮司の疲れきわまれば神々もしずかなり

松飾り船首に立てり七日すぎ倒れて西の陽を指しつつ

裏白がまるまってゆく供え餅海老はりついて青黴の殖え

熊手の大判小判がまぶしくて飾る位置をずらしておりぬ

隅田川の船着き場に船来れば子のはしゃぐようなる波音

鳴くことをふとやめたる山鳩から雨の雫がおちてゆく

馬車の絵の菓子屋の包み飛んでゆきかすめるような速さにゆきぬ

ときにずるさというもひとのよとあらたなとしにおもうことだよ

昭和サラダ油スパゲッティビルの上ことばが立てるしずかなりけり

海苔巻をほおばる人の横にいて貨車のゆくを見送っている

ほおばるを止めてしまう掌の米粒ひとつに口よせてゆく

プラスチックの波の線日がゆけばさみしきかたち

パソコンの蓋をあければ限りなき世界の見えて光の連鎖

この世もまたまぼろしか光画面に人動きひとわらうも

白き楕円に交差した藍楕円交わるものに動けず結ぶ

年輪の太さ細さのうちにいた人間たちの生き抜く話

木の生きためぐる輪の間を計りつつ風の真音数えていたる

深い穴の始まりにどこか音の生まれどこかに人の死んでゆく

豊かさは古びとの輪のなかにぽとりと落ちる栗の実の音

三十年生きるながさがのびてゆく鋼のバネの丸き重

宇宙の粒子

平安と名づく時代も平成もうちこもごもとおぼれそうなり
えもんのかみのさしつぎよ名もなくて特定される人たちもいる

よみひとしらずの本歌取り読み継ぎよみつぎつつのこってゆけり

源氏の女君姫君空想のにぎにぎしさも和紙の上

砂浜を掘りつつおりぬ女童の波のかがやき玉鬘

玉鬘西にゆける日にひかるひとつ光をのせて少女

夏の落葉を踏みてゆくとおく鳴く蟬の翅はとうめいなりき

にわか雨の上がる気配に蟬声のわきだしてくる夏林

蟬声をそっと押し上げゆくように満月雲間から出でぬ

ジッと壁を擦るように音たててことしもされり蟬たちは

月影に薄穂ゆれるむかしむかし古の人のさまなど語り

うつくしき髪のかたちに光りて力士があるく隅田川

電車から力士降りればなんとなく振り返りつつ人らはなやぐ

風呂敷を下げて雪駄の擦る歩み昔のようなうつつのなかの

うつくしき日本だったのだろうか下駄はいて撥ね上げて町の人たち

疲れれば着物はだける夕方の子のあとに下駄の歯ふたつ

紐一本で着物をまとう子らがばらばらにほこりのなかで遊ぶなり

着物姿がなんとなく無防備にみえてくる昔の写真

わたわたと走ればゆるむ紐一本綿の着物のなかで笑う子

遊びつかれた足指につままれた下駄の音

ぬかるみに下駄の歯型が入り交じる鬼を惑わす鬼ごっこ

すなぼこり泥みずたまり撥ねかして時代を生きた人たちがいる

大きなサザエの殻を水受けにして飛沫の湧きこぼれを見つつ

継いでゆくように消えてゆく蕎麦啜るのちのゆたけさ

死に際をうつくしくしめつける酔芙蓉うすきあかの塊

うそを信じてしまうシャレコウベ力にうもれ力にけされ

とどかぬものあるような気のしてないようでまたすぎぬ

厚雲の薄くはがれてゆく朝のひんやりと風空気にあるも

うつくしき人骨となれ貝塚の魚の背骨の飾りのような

子がいるいないかずのろんりにふれて安心している墓の骨

ふと何かちがうのだろうと思うときそのままふっとおさまりぬ

人間の体がものと化すまでを生というあっけなさ

いのちとうとうといといういうひとたちがやたらおおくてくるしくなりぬ

人がふと消えてしまう静けさに涙粒も止まったところに染み入りぬ

ふるえながらふるえながら宇宙の粒子にかえるはさびし

秋のみずみずしき丸きもの重たくて胃のなかにて運べば

小蠅うるさき初夏の日になんとしようもなきときが過ぎ

いったことおもむろに変えられていったとされている桜木の蕊

種をまもる黄メダカ黒きメダカたちパクついている同じ餌

プライドをすてた人間たちのうたことばのとけて音の聞こえぬ

青い藻が一つ泡を吐くときにうすい卵をぬけでてメダカ

急に鳴く夜蟬なりけり闇に生まれて鳴くなり

つくように鳴き出す蟬の生い立ちは土の穴のうちに聞け

大波の木目さざ波につながって樹の生の断面みつつ

おとしめる人ほど信じられ牛舎の牛はゆるきを食めり

ときおり蠅をはらう耳もつ牛のほうけるような顔の骨格

鉄塔は畑またいでつながって大根の白く伸び立つ

大根の葉ひろがってしらじらと浮き立つ白にささえられ

電線のたるみのようだ喉もとひびく逃してならぬ

草々の雨のにおいのなかにいてとおく子供がかくれんぼ

かくれんぼ木の葉のうしろにいる子ども隠れるうそに息を止め

関係を掻き乱しつつゆく人のいて木賊にからまる姫朝顔

風を呼ぶ梅雨に入りたる桃の枝折れてしまいぬ青き実の

枯れ葉おちて前ゆく音に引きずられてゆくような秋日より

ウソツキがうそと攻撃してくるをかなしく思う足元に　雨

キツツキが樹の枝つかみ突きだすまっすぐに突く暗き穴

争いがきらいきらいといいつづけ強い言葉にすがる人間

希望という言葉のむこうにあるものをさがしてみたる春の宵闇

芽吹く春さみどり色の葉のかたち散りゆくまでの形かな

細き糸に垂る

カラスばかり鳴く牛舎座ったままの牛がいて電車がゆきぬ

白黒の目玉動かし反芻す鳴くことわすれた牛に蠅

生きることいきてゆくこと諦めた追うは蝿ばかりなる

栴檀の樹の曲がり角花びらの散りて地上の影にのる

香を散りばめて栴檀の白き花しろき道をつくりつ

肌やわき牛に散る栴檀の花びら細く真しろきかたち

桃の木に薔薇つたい来て赤く咲く猫走りこむ道辺の埃

ひらくたび瑠璃色翅を見せてゆくシジミ蝶の飛ぶ水路

落ちたばかりの葉が水に立つ押す水をしぶきにかえて流すなり

水田に足の跡ありたどるほどとけてゆく泥に立つ青き稲

まわらない水車に水が流れこみ速さ掻きかく水澄まし

八幡さまの石段に手合わせて頭をたれてゆく土地のひと

田んぼのおたまじゃくしの丸い息水面にうまれた光かな

水田と竹とみどりのかぜのゆくとおくみたゆめのとんねる

もろこしのひと粒ひと粒せめぎあい列なせばひとにたべられ

黒きひげ粒より出でて日にあたりくろきをなせば刈り取られ

すいと底から上がってくることを覚えて人間のように笑えり

まわりつづける白馬の上下する動きを握る少女のわらい

崖の根は伸びる樹の幹支えつつかぜにそうかたちする

年輪を数えて数を忘れまた数えながきときにおり

下野《しもつけ》で馬四頭盗み売り飛ばすどこへいっても桜肉

来い来いと薄穂並ぶ三つほどが雲間の月を呼びよせ止まる

ぬすっとが来いと指を曲げるよに月下の薄穂の木版画

送電線が畑のなかにのびて黒土のそらはたるみ帯び

山肌に木畑のありてここは果樹園らしきひと山

送電線つなげて結ぶ青空に蝶の結びの金具のならぶ

黒犬が歩道をあるき端によすセキレイに吠えつつ鼻の皺

青首の大根半分立ち上がってもだれもぬかない畑道

泥のなか魚のような影見つけ光り輝くなるまでみつむ

さんさんとそそぐ光はなんだろう細葉の曲がりにそっと消え

バスはゆく鎌倉街道まっしぐらバス停からバス停へひと乗せて

ひとを乗せひと降ろすまで動くなとくりかえしつつ終点までを

あのもみじ坂さえ平たくみえてたかきは角度をすいつくす

夜の闇海の香つれてくる風の土手を越えてくる人の町

人声も洞より出ずる歯の洞をかき出すとう歯医者の声す

夕闇に木の幹から暗くなる子供三人かがまり遊ぶ

ゆくたびに皮膚削る女医かがまって根はふかいと刃物にいえり

八月の満月あがる夕暮れのそこより虫の音が聞こえ

子を産みたくてくる蝶を追い払いおいはらいて陽に追いかえす

この穏やかな水面の風の通りふるえる花と葉の影がゆれ

もどりくる白き蝶の鱗粉とどまるはばたきにおり

まるまった土の穴より出でてあっけらかんと死す蟬の腹

両手につぶれていってしまえりなもなきさみどりいろの虫

はさみうち蚊のかぼそくて生というかたちに死にき

この朝をどこかで聞いているような網目のむこうに列車の音す

清ければ美しくある人たちがのぞくを止めぬ深き穴

まっすぐに目を向けられぬ人間が山に穴掘りうたいつづける

深き穴におちる蟻のようなりけだるさに分け入って人ら

わかっていてもうべなう人間地獄谷湧く煙をみつつ

目を閉ざし耳をとざしうたうかなけだるさをひきつれてくる

けだるさに吸い込まれてゆく蟬のいてほのかに鳴けり

いまだ声上げてゆく蜂たちが翅ふるわせて桃の木めぐり

雨降りに音重なりて霧沈むような夕刻に佇んでいる

終わる季節を飛ぶ蚊あり煩わしき身を持ちて行く

なんともならぬよどみかなけだるさを分けながら明けてゆく

どう生きるどう生き切ったかと思う蜘蛛は細き糸に垂る

秋の蚊の漆黒よりくる夜に赤き火のたどる渦けむり

少しかなしき羽音する秋の蚊に赤い血少し分けてやる

たたくをしってか夏終える姿をよろよろとほそき足たれ

明け方に蚊を殺した命を打った血を吸うくらいの罪のため

生き生きと生きるものをつぶす手に生命線はながくある

きらめける湯呑みの冷えた茶の中に入りて絶えており

黒き湯呑みに電球の丸きたま光りて映るくきやかにある

月に向かうように溺れたるかな湯のみの底にあるような光玉

秋の蚊のさびしき形をみつつひともみな死のかたちある

残る蔕《へた》

パン屋がすこし袋を壊しテープ貼る当分いかないパン屋のひみつ

白き空白のある包装紙手の指たてる爪のひややか

車輪がめぐるように包む店員のうそも折り込むようなしずけさ

座るままよく動く手の前に立ち傾ぎつつ男の答弁

ひたと止まる足組みに重たき空気をすべらせてゆく

人が人を追求す画面のなかで追求すしずかな闇を抱えた虚像

眼を伏せてしずかに息を整えてうちの闇に守らせてゆく

夏雲に輪郭だけの人に向く見えぬもの見ぬままにて過ぎぬ

赤い靴底見せて歩く少年の見えぬ動きもちてうつくし

やすらぎといふにはすこしこころもとなくて糸にそって光る線

蟬のなくしずかになく激しくなく糸の織り目の乱れてゆきぬ

しずけさのような蟬のざわつきのレース織り目に染《し》む音の

白きもの見えてきたる明け方の白きものより淡きかな

ぐんぐんと地球の裏をのぼりつつ明けの光のおしよせてきて

知らぬ間に柿の実ちいさくふくれて蔕《へた》の下なる五月晴れ

鶯が鳴き継ぎて夏空からの蟬の刻みに見えなくなりて

簾《すだれ》ごし見る風景があるようでないような夏けしき

夏風邪にうちの脂肪を使い切りげっそり痩せたからだかな

涼しげな絽をまとうよな簾にきょうは柿の葉疲れていたる

簾をのぼりよこゆきのぼる蟻の命のうごきでもあるような

ついに簾をのぼりきり竹竿の上ゆく蟻の影ひとつ

風にすこしゆれる簾に蟻影がまたひとつありて雲きたり

簾をかければはっきりと見えるようなものありて夏蟬

夏の朝とうめいなひと粒メダカの卵の目のうごくようなり

長雨にひとつ柿の実落ちた夏蔕《へた》の残る柿紅葉

水張れば簾もようの揺れる夏母ひとり淋しくいたりしこと

水の上人間のせる船が行きそっと手をふるような人影

船運ぶ風が来るまでまってみるとおくでなにかくずれるような

とっぽりと待ちくたびれて眠る人船はしずかに向き変えてくる

船の浮く湾に人乗り込んで波間に人揺らぐようなり

湾に浮かびて人笑うなり笑いつつ波間のうごきを握り締め

うす雲の湾のなかなるタンカーの進むでもなく動くでもなく

人間の内がおのずとみえるよなこんもりと樹の小径
ひとがちいさくかしげゆく花びらの重なりつつむ暮れ方の薔薇
人間の輪郭なぞる光がほのぼのあるく足もとに消え

大空のはてまで透けてゆく青にたたずんでいる緑玉
海風にころがったまま蔓切られ西瓜の夏は途切れてしまい
残されてあちこちをむく空に夏のおわりをもうつげてゆく

ころがって西瓜畑のゆく夏を見つつ終わりぬころがったまま

丘を歩けば風が吹くゆるやかに土の傾《かし》げにつづく

水平に蜻蛉の翅がのる風に海はやさしく波音をたて

ふっと飛ばす種も黒きいのちかなころがりて道辺にひとつ

逃げ足のはやい蟻のうしろから蟻がいっぴきそれていっぴき

桃の実をひとつふたつとおとしゆくゆびの先の鈍き音なり

干潟の千鳥の足跡おいかけて江奈の風吹く音の生まれて

断層の崖にひらく三崎口あっけらかんと空澄んでゆく

ゆるがされてもいきてきた人たちの　地下のざわめき

ひとびとのちいさくいこう家々のたつ地層の深きうねりに

何層も地層の上に暮らす人いつか化石にねむる

夜更けに丘をめぐる風の音むかしの海の底の夢

夏のあついつかれに猫じゃらし葛の葉の垂れてきて

水やりの飛沫のなかに虹をみるさやの蔓ののびていたる

あつさとまりたる一日を過ぎて雨六月の香のようなただよい

ようやくおちつきだしたる夕小道夏枯れの木の葉の落ちる

濃きあつきひとゆくあとにのこされた朝顔蔓の葉のつかれかな

硬き蔓となるまでの朝顔のしばしの季の移ろいのなか

酷暑にうごめきはじける蟻の数地中の迷路のようなざわめき

栴檀の実のたるる空を映しとり水甕深くしずまりぬ

足の甲なんとなく冷えながらもう夏のおわりにふれいたる

狐の子

待ち遠しくて赤いポストをよじ登る飛び跳ねてまつ春の節分

黄の色の狐の面つけ眠る子のふくはうちおにはそと

黒き烏帽子かぶりて羅羅木立の西日のなかの豆まき

どろどろどろ太鼓がなる節分の神事の豆つぶ枡よりこぼれ

あわき水の色した装束をきて撒く豆の散らばってゆく春の土

向かい来る豆粒ひとつ摑みたり水仙の香のするあたり

紅白の垂れ幕さげて豆まきのめでたき豆から春のおとずれ

豆を待つ大き手のひら子供の頭の上でひらかれ

当たり袋を追うてのひらひらかれて重なってゆくどよめきの穴

風船ガムがころげてゆけりちいさき手のひらにつつまれ

豆まきの陣に入れぬ童たち柵にゆだねて声を張り上げ

杉木立の隙間にかかる西の日に節分の豆が飛び散る

狐面つけて子が眠りおり乳母車西の陽へゆく道沿いの

黄の紙を折ってつくる狐面ぐっすりねむれ狐の子

透明な子のひかりかな土手をゆく風に両手をかざして抱かれ

つくしの子そっとでてくる土手に春ゆりうごかす列車かな

まだ硬き土にそう蓬《よもぎ》のあわあわと春のひざしに伸びるも

てばなせぬものをかかえて硬き土ぐんぐん入り来根にてやわらぐ

入り来る根の鬚にくすぐられて春の土ほぐれほぐれてゆけり

白く香りてみどりの葉に透く光赤子のにぎるやわき肌

赤子の肌のやわらかくまとう腕《かいな》に母となる母になる

きんかんきんかんよせあってキンカンキンカン子のように赤らめる

気ままなる子のいてわらうことのなく楽しき心に笑うまで

今　やさしき羽音たてているひとりで立てぬまま腕から腕へ

フリージア卵型の球根にそっとのびてそっとのばす　春かな

キンカンをつかむ手のひら小さくて五本の指をひらいて握る

取り合う子の砂場の喧嘩おおきくなってさらってゆけり砂のつぶ

日々刻まれてゆく出来事のあることをわすれぬよう赤子のあたま

包まれてゆく思い出を呼び覚ますまでぐんぐんと伸びて行け

西日を背負うもみじ坂そそがれて光を揺らす子が走る

走れば埃たつような列に子下り坂にて勢いづきぬ

ただに楽しくて子わらいてゆけり未来をたくす勝手な大人

子らの道歩道の木陰ぬけて影生まれて十年たらずのながさ

小さき背おおきな袋ゆらしつつひっそり詰めた鈴の音

頭から夏のわきたつ匂いかな弾みてゆけるもみじ坂

湾に向く急坂なる夕焼けを蹴って帰ろう遠くにおいて

やさしき音色を聞きながら次の音が生まれ出る銀のハモニカ

小さな穴を吸い息を吹きかけてゆく伯母の手にハモニカを

吐いてすうはいて吸う静けさに音はめ込んでゆく夕焼け小焼け

唇をずらしずらし音を出すさぐるというやさしき仕草

たしかめてたしかめつつ音を吹く四角いちいさな穴から穴へ

吹き出して音に音を重ねゆくここにいるここに生きている

陽だまりでそっと眠るしずかに息すゆきついて穏やかなところ

生まれて息す泣き声上げて忙しき生きるは音を吸う悲鳴

桃の実のぽとり落ちてフリージアロ笛を吹くように匂えり

生まれ出てちいさく息する赤子のぽっかりあいたハモニカの穴

梅の花黄の蕊にある香りかなとおくむかしの春がまたくる

白き香の大島桜みどり葉にとおく山の影にふれ

雀の子坂のはじまるゆるきをつついてまるくむれて跳ね

かおる弥生の花桜はなびらの散りゆくさきのねむりかな

桃の花のクスと笑うほころびに似てむかし少女の友がいて

群れて花ひとひらひとひら去る蕊の香りほのかに上向き

だいだいのひかりの粒を握りしめひとつ息する生きはじむ

雲路のひかり

なぐさめる言葉なくてなめくじの小さくなりて見えなくなりぬ

丸き甕のめぐり急げば落ちる虫口々寄せてくる水面

清き水きよきに生きられずメダカ澄んだからだを光らせてゆく

頭突けば頭突きかえして領域に波立つさまもすぐに消え

縄張りを突き合う　波紋　メダカの境もかすか透明

透明な水のなか小さなもの力なきものゆきてしまいぬ

はかなきと言えばすべてが美しくなるような言葉もありて

ひよどりの山鳩とまる位置つかみ頭の毛を逆立ててゆく

小さきものがゆきて小さき動きも消えて小さきものうすく透明

透き通る色のむこうにあるものの色がやさしき人を彩る

純粋とやさしき色をぬってみる誰かがつけていった足の跡

リルケが笑うギザギザの葉形のゆれる秋でした笑って落葉

貧しきひと力をもってやってくるこころざしをとうめいにして

透明な丸き卵を脱ぎ捨てて戦っていきてみようかメダカ

最初はグーなかよしである確認をしながらすぐに勝負をはじむ

駆け上がる台風めぐる雲たちが巻かれて北へゆく真昼

迫って来る台風の動きみながら葉先にたまる滴をみてる

桃の葉に滴のありて落ちぬ雲路の光にふるえて

ゆらゆらとひとのこころをゆらしつつ自分のゆれをおしつけてくる

少しずつ言うことがずれてゆくから嘘きいている気のする

ひょろひょろとたいふうのみちがえがかれてさだまらぬまま
まぼろしとたたかうににてせんそうはすきまにそっといきづいてゆく
ゆらゆらと台風のさる空に蔓ゆくさきゆれるかぜを眺めつ

すずらんの蕾の白く集まって伸びだしてくるひしめき

横へ風を流してゆくものたちの極まれば激しきもどり

竹林極まる葉のざわめきをすべるしずけさうちよりくずし

いじわるなばあさんがいて塀の陰でたくらみぬ腰に腕組み

攻撃の構えは腰の曲がりから覗き込むよに猫金魚鉢

四コマの絵のなかにいていじわるなばあさんがみられていたる

見られることを拒絶しているゴリラの背中の毛のつややか

屋上に肌焼く男きてしばらく熱を背にして熱から逃げる

太陽光あつさに逃げる男らを雀が並んで前後に見たり

じっと息ころして狙う青鷺といじわるばあさんの背のまるみ

仕掛けた罠にみずからがかかって驚くいじわるばあさん

戦後の平和をかみしめる時代にいきいきと意地悪ばあさん

なにもなかったように瓦屋根かわいていった

鉢の木に棘をのこしてたべつくす生きのびること器用となりぬ

食べつくすあすのいのちをつなぐため青虫小虫さ緑色す

ひと日むかう言葉ありて通じ合わぬ人に向かいている沈黙

矢のような形をしてパーカーは鉛筆たてに立ち続け

まっすぐに生きたひといてまっすぐに森の深みを見詰めていたり

ひとふりの尾

やさしき目にはらはらと干し草は落ち人の時間をしずかに待てり

神事とうことなど知らぬただ駆けるかけぬけるまでの道の辺

赤子は笹の葉をにぎるこぶしをみつむ子も馬も人にはさまれ

待つ馬の飾りの紐の赤きゆれ赤子のよだれ極まりて落つ

流鏑馬の準備整うころにて馬はひとふりの尾に立てり

鹿皮をつけた人間乗せる馬叩けばますぐに駆け抜ける

三本矢腰にひらけばどよめきぬひと蹴りに浮く人馬

的へとからだのりだす瞬時に人馬の息も矢のさきにある

弓を引くかたちを的に当てはなつ射ることの極まりに散る

瞬時に的にあたるどよめきを聞き分けてゆく耳人間の耳

ぼそと音のしてはずれは布ゆれるよどみを馬の後ろ足

神事の道はますぐに伸びて群れたる人を割りて砂埃

砂ほこり舞い上がりひとびとこえたあたりにきえて

終えて七頭しずしずと戻り来るしぐさにゆれる朱飾り紐

仏像は丸き輪をつくりて立てり光背に支えられて立てり

薄暗闇に光の影のうすくらやみに背の影のとけだして

男の背ぬまのひかりに囲まれていること知らず動けずおりぬ

もえあがるほのおをせに剣をたて牙むく顔を赤におさめる

光背の燃える炎のなかに座す眉つりあげ青不動明王

憤怒も色や形におきかえてひとの世に座し来たりてしずか

電信柱の光の下に影畳まれてゆくにんげんたてり

暗闇の月に見える棕櫚の葉の風のなびきにゆれてほのか

人がひとであることをゆるきときにたしかめつつときにいる人

しずけさをまといてひとのゆくときをうけいれてゆくかなひとは

電信柱の影ゆく影のふくらめる頭のまるき影ぬけてゆく

ひと死してはかなきときをすぎてゆくはかなき形のきえるまで

墓売りが非通知でかけてくるあやしげなやわきこえも骨づたい

永代供養のある墓のあること告げながら売り込み電話

代々というつながりの途切れゆく朝顔からまる竹の竿

ながきながき系図の切れに養子つぎつぎてなお直系

遺跡の穴なる土坑墓のかずかず骨々屈む楕円の形

なぜかひろい地球のめぐりのときを思いつつ土坑墓

土坑墓の骨あるなしも生まれ出る不可思議にて触れ得ぬ
なきわらいうれしきこともつたえあい土坑墓群のにぎわい
やさしく葬られて人骨病いをそっと包んだひと社会

皺や毛があるない鼻の高いなど頭蓋骨のすましおり

生きる生き抜くことも蔓の惑うさきリズムをきざむ風をみつけて

時に崩されてゆくビル群の散る埃ににて火葬の人骨

あることもないことも薄き布透く青空の風のようなる
ほのかゆるきときにゆだねつつとぶ光わけいりてもくらやみ
なぜかふと消える体の骨々がいとおしく撫でている膝小僧

見上げれば太き幹なす男の重心しずめて坐りぬ

ふかき沼より突き出て裸木しろく朝もやのなかに立てば

濃き色の森の内にて話し出す湖のしずけさのある

地の上のうごきに見入る人間のゆうひに向かい立つ砂の浜

嘴へ力あつめてくるようなかたき思いがある顔をする

はかなさと未来に佇む人間の影をたたせるひかりかな

太き竹の林風音は雑踏の音など真すぐに立たせ

青竹ののびてしなる風音の気高さという形なきもの

ひんやりと竹肌つかみがたくたおやかなれど直に立ちたる

二〇一二年〜二〇一七年を中心に現在までの作品。

あとがき

透明なガラス越しに景色を見ていると、ガラスのあることを忘れていることがあるが、最近、網戸の網の内側を黒、外側を銀色にしたら、外の景色が網の目に邪魔されずにきれいに見える。黒が青い空や白い雲やあたりのものに消えてしまう。光を吸収する黒は景色にとけ、存在感がなくなっている。

空気も、その無色透明な気体を吸っていることなど、人は意識せずにいる。ふと前を歩く人が煙草を吹かし、口から出た煙のなかに思わず入り込むと、その人の吐いた息を吸ってしまったと、息を止める。なるほど、人は誰が吐いたかわからない空気を吸って生きているのかと、透明な空気の存在をあらためて思う。

確かに、透明度の高いものがいいといえないこともある。透明な水より、すこしの牛乳を混ぜるほうが光を拡散して明るいという。透明なものが一番役に立つとは限らない。魚類から別れた人が澱みを好むのも自然に生きやすいからなのかもしれない。

存在感のある黒の編み目が外の景色に消えるように、透明なものははかなしいほど存在感がない。つねに求められているものでもないのかもしれない。優しさも純粋さも突き詰めれば、人にとって必要と思われているものでもないのかと思うたびに、はかなさが纏わりついてくる。呼吸を交わし合う夥しい人の社会にいて、透明度の高い言葉ほど、雑踏に消えてしまう。

けれども、透明なものの存在に気付くとき、心が躍るのはなぜだろう。優しさや純粋さに触れるとはかない纏わりがとけて、温かみが染みてくるのはなぜだろうか。姿の見えにくい言葉、手触りのない言葉のほのか明かりを信じて、これからも言葉を生み出してゆかねばならないと、孟秋の風に想う。

令和元年　豆名月

高橋みずほ

神田のビルの七階に構える砂子屋書房の田村雅之さんは、午後二時ごろ打ち合わせに行くと眠そうにしているけれど、ソフトに言葉を受け入れてくださる編集者と思う。今回もお世話になった。髙橋典子さんにも、繊細なアドバイスをいただいた。装幀をお願いした倉本　修さんやこの一冊にかかわっていただいた方々に深く感謝しつつ、また、未来の言葉へ向かいたい。

歌集　ひとふりの尾に立てる

二〇二〇年一月一二日初版発行

著　者　髙橋みずほ

発行者　田村雅之

発行所　砂子屋書房
東京都千代田区内神田三—四—七（〒一〇一—〇〇四七）
電話　〇三—三二五六—四七〇八　振替　〇〇一三〇—二—九七六三一
URL　http://www.sunagoya.com

組　版　はあどわあく

印　刷　長野印刷商工株式会社

製　本　渋谷文泉閣